LE
CHANSONNIER
DES AMOURS.

LE
CHANSONNIER
DES AMOURS.

Recueil des plus jolies Romances,
Ariettes des Opéra et autres chan-
sons choisies.

A PARIS,

Chez DELARUE, Libraire, Quai des
Augustins, N.° 11;
Et à LILLE, chez CASTIAUX.

LILLE.—IMPRIMERIE DE BLOCQUEL.

LE CHANSONNIER

DES AMOURS.

L'ORAGE,

OU-LA PETITE PEUREUSE.

Pour nous garantir de l'orage,
Allons, Colin, dans le bosquet ;
J'espère que vous serez sage,
Vous voyez bien le temps qu'il fait. *bis.*
Malgré l'avis que je vous donne
Déjà vous me serrez la main.   *bis.*
Vous conduire ainsi quand il tonne! } *bis*
Ah! fi! Monsieur, que c'est vilain. }

Encore! malgré moi l'on ose.
Colin, Colin, vous avez tort.
Finissez ou vous serez cause,
Monsieur, qu'il va tonner plus fort.
Je vous l'avais dit, quel tapage!

Le tonnerre est tout près de nous ;
Ah ! vous en ferez tant je gage,
Colin qu'il tombera sur vous.

Si, pour vous sauver du naufrage,
Un simple baiser suffisait,
Colette en aurait le courage,
Monsieur on vous le donnerait ;
Je ne consens, veuillez l'entendre,
Que pour vous tirer d'embarras ;
Mais profitez donc pour le prendre
Du moment qu'il ne tonne pas.

D'en donner un quand je m'efforce,
Quoi vous voulez en avoir deux ?
Grand Dieu ! vous les prenez de force,
Et lorsqu'il tonne, c'est affreux !
Ah ! si pour oser davantage
Vous étiez assez peu sensé,
Attendez du moins que l'orage
Monsieur, soit tout-à-fait passé.

PIÈTRO LE GONDOLIER.

BARCAROLLE.

Du beau Piètro j'entends la barcarole
Qu'il aime tant à redire aux échos,
Le voyez-vous glisser sur sa gondolle,
Ivre d'amour et fredonnant ces mots !
Fendons l'onde avec courage,
Vîte abordons au rivage.
Je desire tant la voir,
Ma Bénédicte à l'œil noir.

Allons ! sois vive, hâtons-nous ma na-
celle !
Légers zéphyrs, secondez mon ardeur,
Poussez ma barque et dirigez son aîle !
Là bas, pour moi va briller le bon-
heur.

Vierge Marie, ô céleste Madone,
Protège-moi, je promets en retour,
De te donner une blanche couronne
Si mon bonheur égale mon amour !

ROMANCE

DU PRÉ AUX CLERCS.

Souvenirs du jeune âge
Sont gravés dans mon cœur ;
Et je pense au village
Pour rêver le bonheur ,
Ah ! ma voix vous supplie
D'écouter mon désir !
Rendez-moi ma patrie ,
Ou laissez-moi mourir.   } *bis.*

De nos bois le silence ,
Les bords d'un clair ruisseau ,
La paix et l'innocence
Des enfants du hameau ,
Ah ! voilà mon envie,
Voilà mon seul désir ;
Rendez-moi ma patrie ,
Ou laissez-moi mourir.

VEILLÉE D'UNE PETITE VILLE.

RONDE A TRICOTER.

AIR : *En revenant de Bâle en Suisse.*

Pour les caquets, les épigrammes ,
Vive , dit-on , le coin du feu !...
Ce soir , distinguons-nous , mesdames ,
Travaillons fort et... parlons peu !
 Tricotons nos laines ,
 Nos fils , nos cotons ,
 Faisons des mitaines
 Des bas , des chaussons ! *Bis* , en chœur.

N'imitons pas notre voisine
Qui , pour employer ses moments ,
Dans son salon , dans sa cuisine ,
Soir et matin , lit des romans !
 Tricotons nos laines ,
 Nos fils , nos cotons , etc.

Dans nos mains , tandis que l'aiguille
Gagne des points à volonté ,
La vieille Prudotte et sa fille
Perdent des points à l'écarté.

Tricotons nos laines,
Nos fils , nos cotons , etc.

Dans un bal Cornélie étale
Ses grands bras, ses grands sentiments:
Aglaé , qui fait la vestale ,
Cause avec deux ou trois amants.
    Tricotons nos laines,
    Nos fils , nos cotons , etc.

Dans un coin on laisse Ragonde ,
Bavarde qui fait tout trembler,
Qui parle mal de tout le monde ,
Et qui donne tant à parler.
    Tricotons nos laines,
    Nos fils , nos cotons , etc.

Ne disons pas qu'en politique
Tous nos messieurs sont de grands fous;
Qu'enfin, dans cette ville unique,
Chacun a tort... excepté nous !
    Tricotons nos laines,
    Nos fils, nos cotons, etc.

Quoi ?... déjà le couvre-feu sonne !
Mesdames, vous voyez comment ,
Quand on ne médit de personne,
Le temps passe agréablement.

Replions nos laines,
Nos fils, nos cotons,
Serrons nos mitaines,
Nos bas, nos chaussons !

LA PRISEUSE.

CHANSONNETTE.

AIR : *Vaudeville de* l'Actrice.

Hortense est jeune, elle est jolie,
La grâce embellit son maintien ;
Sa bouche est fraîche et bien garnie,
Sa main blanche, son pied fort bien ;
Auprès d'elle, je le confesse,
Mon cœur a souvent fait tic-tac !
Mais ce qui combat ma tendresse,
C'est qu'Hortense prend du tabac.

Aux femmes dans l'âge de plaire
Le tabac ne sied pas du tout ;
Il donne un air de douairière,
Il répand un fort mauvais goût.
Et puis, n'est-ce pas un supplice
Lorsqu'on voudrait faire sa cour

S'il faut dire : Dieu vous bénisse !
Au moment de parler d'amour.

Quand je dis à la belle Hortense :
« Vous êtes faite pour charmer.
Perdez donc votre indifférence ,
Songez qu'il est si doux d'aimer !
Ce sentiment n'est point blâmable
Il faut s'y livrer tôt ou tard. »
Elle répond, d'un air aimable :
« J'aime beaucoup,... *le Robillard.* »

Trop longtemps j'ai suivi ses traces ;
Mais je la fuirai sans effort :
Je sens que dans ses bonnes grâces
Son nez me fait toujours du tort ;
Que voulez-vous que j'en espère ?..
Quand je demande un rendez-vous ,
Elle tire sa tabatière
En me disant : « En usez-vous ? »

L'ESPÉRANCE.

Pour notre cœur émerveillé
L'espérance est un doux mensonge ;
Elle est la trace d'un beau songe
Qui berce encor l'homme éveillé.

RONDE

DU PRÉ AUX CLERCS.

A la fleur du bel âge,
Georgette, chaque jour,
Disait dans le village,
Jama's n'aurai d'amour.
Un soir par imprudence,
Au son du tambourin,
Elle suivit la danse
Sous le bosquet voisin;
Eh! eh! prends garde à toi!
Fuis le bal ma pauvrette;
Car le dieu des amours
    Y guette
    Une fillette
    Toujours.

Robert du voisinage
Etait le beau danseur;
Il la voit, il l'engage,
Pour elle quel honneur!
De son bras il la serre
Sur son cœur doucement,
Et la jeune bergère

Trouva le jeu charmant.
Eh ! eh ! prends garde à toi !
Fuis le bal , ma pauvrette ;
Car le dieu des Amours
    Y guette
    Une fillette
    Toujours.

Tout en faisant la chaîne ,
Robert prit un baiser ,
Et puis sous le grand chêne
On s'en alla jaser.
La nuit vient , comment faire ?
Robert offre son bras ;
Et depuis la bergère
Soupire , et dit tout bas :
Eh ! eh ! prends garde à toi !
Fuis le bal , ma pauvrette ;
Car le dieu des Amours
    Y guette
    Une fillette
    Toujours.

CE QUE J'AIME LE MIEUX.

CHANSON.

AIR : *Combien de fois jouant la comédie.*

Arrière donc ! pessimiste morose,
Dans l'univers toi qui voit tout en noir !
Bien plus heureux, moi je vois tout en
rose ;
Gai le matin, je chante encore le soir.
(*bis*).
Chagrins , soucis , triste mélancolie ,
Dans mon réduit ne pourront se loger ,
(*bis*).
Tant que j'aurai pour embellir ma vie.
Aï mousseux , Lisette et Béranger.

Dans un état voisin de l'indigence ,
Je fais l'amour , et je chante et je bois.
Je n'ai jamais désiré l'opulence ,
Et je me ris de la pourpre des rois.
De leurs palais si brillants, qu'on envie
J'en ai tant vus forcés de déloger !...
J'aime bien mieux , en ma philosophie.
Aï mousseux , Lisette et Béranger.

Quand la santé me devient infidéle ,
Lorsque la tête ou le cœur me fait mal ,
Ne croyez pas qu'à mon secours j'appelle
Le médecin , cet assassin légal...
Pour dissiper la douleur qui m'obsède ,
Je la combats , sans me décourager ,
En employant mon unique remède :
Aï mousseux , Lisette et Béranger.

Avec regret je quitterai la vie.
Plus de ce vin qui souvent m'enivra !
Plus de chansons !.... sur ta bouche jolie
Plus de baisers, Lisette !... et cœtera. .
Mais je saurais, certes, quoiqu'il m'ar-
rive ,
Braver la mort... mourir sans y songer ,
Si je pensais trouver sur l'autre rive
Aï mousseux , Lisette et Béranger.

RIEN N'EST SI BEAU
QUE MON VILLAGE.

AIR : *du vaudeville de Haine aux femmes*

Un jour, un jour, je vous le dis,
Jeunes garçons et jeunes filles,
J'ai quitté nos vertes charmilles.
Nos bois, nos champs, nos près fleuris,
J'ai visité dans mon jeune age,
J'ai visité bien des pays ;
Rien n'est si beau que mon village,
En vérité, je vous le dis.

Rien n'est si beau que nos moissons
Quand le soleil les a mûries ;
Rien n'est si beau que nos prairies
Quand vous y dansez aux chansons.
Sur le penchant de nos collines
Lorsque le soir on est assis,
Rien n'est si beau que nos chaumines
En vérité, je vous le dis.

Aucun mortel n'est plus que vous
Aimé du ciel dans cette vie ;

Les Rois , à qui l'on porte envie ,
N'ont pas un sort qui soit plus doux :
Car dans sa clémence profonde
Dieu , qui confond grands et petits ,
Fit du bonheur pour tout le monde.
En vérité , je vous le dis.

Vivez ! vivez dans ce séjour !
Au départ tout est espérance ;
Mais les jours sont longs dans l'absence ,
Et souvent on pleure au retour.
Souvent pour un plus long voyage
Ceux que nous aimions sont partis.
Vivez ! vivez dans ce village !
En vérité, je vous le dis.

MA MÈRE Y SONGEZ-VOUS ?

AIR : *du premier prix.*

O ciel y songez-vous, ma mère,
De vouloir me donner Colas ?
Colas qui serait bien mon père,
Colas si déplaisant , hélas !
Ne savez-vous pas qu'au village,
En me le voyant pour époux ,

Chacun dira : Que c'est dommage !...
O ciel ! ma mère, y songez-vous ?

On prétend que je suis jolie ;
Moi, je sais bien ce qu'il en est.
Pourtant je pourrais, je parie,
Trouver un amoureux mieux fait.
Ne dit-on pas qu'à Lise même
C'est en vain qu'il fit les yeux doux,
Et vous voulez, moi, que je l'aime ?...
O ciel, ma mère, y pensez-vous ?

Le soir, au bal sur la fougère
Qui viendra me donner le bras,
Si l'on dit : Elle n'a su plaire
Qu'à celui dont on ne veut pas ?
Et si jamais je deviens veuve,
Où trouverai-je un autre époux,
Après une pareille épreuve ?...
O ciel, ma mère, y songez-vous ?

POINT DE MÉLANCOLIE.

Point de mélancolie !
Au banquet de la vie
Asseyons-nous joyeux !

Buvons le frais calice
Offert par le caprice,
Et chantons ce refrain
Sans fin !
Adieu, sagesse !
Le temps me presse,
Le plaisir est ma loi ;
Puis le monde, ma foi,
Doit finir avec moi.

Que m'importe la gloire.
Ah ! vivre dans l'histoire
Ne vaut pas de plaisir
Mourir !
A notre âge frivole,
L'heure du plaisir vole
Comme un léger bateau
Sur l'eau.

Adieu, sagesse !
Le temps me presse,
Le plaisir est ma loi ;
Puis le monde, ma foi,
Doit finir avec moi.

Lorsque la mort hideuse
Sur ma lèvre rieuse
Viendra mettre son doigt

Bien froid,
Oui , sans mélancolie ,
Du banquet de la vie
Je sortirai chantant
Gaîment :
Adieu sagesse !
Le temps me presse,
Le plaisir fut ma loi,
Puis le monde , ma foi.,
Va finir avec moi.

LE PAGE ET LA BERGÈRE.

Air : *Amis , la matinée est belle.*
(*de la muette de Portici.*)

« Ecoute , gente bergerette ,
Le fils du roi voudrait ton cœur ,
Laisse tes brebis , ta houlette ,
Viens chez lui trouver le bonheur. »
«— Mais je suis heureuse au village,
Merci ,
Grand merci ,
C'est trop d'honneur pour moi , beau
page ;

Merci,
        Grand merci,
Cherchez ailleurs, je veux rester ici. »
                                    bis.

« Pour mettre à tes pieds sa couronne,
C'est toi qu'il a daigné choisir : »
« —Des couronnes, Colin m'en donne,
Et je les porte avec plaisir ;
Sur ces fleurs même je sommeille.
        Merci,
                Grand merci,
Puis le rossignol me réveille ;
        Merci,
                Grand merci,
Laissez-moi donc, je suis contente ici »
                                    (bis).

« Sur un trône brillant, assise,
Tu règneras sur ces cantons : »
« —Ici, je gouverne à ma guise
Mon berger, mon chien, mes moutons,
Sur un trône on craint la secousse.
        Merci,
                Grand merci,
Je préfère mon lit de mousse ;
        Merci,
                Grand merci,
Moi je me crois beaucoup plus sûre ici »
                                    (bis).

« Belle et de ta cour adorée ;
La foule enviera ton bonheur,
Tu ne paraîtras qu'entourée
De gardes pour te faire honneur. »
« —Moi, je n'aime pas tous ces gardes.
    Merci,
      Grand merci,
Je redoute les hallebardes !
    Merci,
      Grand merci,
Avec Médor je ne crains rien ici. » *b*.

« Lorsque dans un riche équipage
Avec toi le roi passera,
Chacun, volant sur ton passage,
De maint vivat te salûra : »
« —Bien que ce bruit flatte l'oreille,
    Merci,
      Grand merci,
Je ne veux point clameur pareille.
    Merci,
      Grand merci,
Portez-vous bien et votre maître aussi»

L'ÉCHO DE LA COLLINE.

Écho de la colline,
Répète au voyageur
Le doux nom d'Augustine,
Que soupire mon cœur !

Écho de la colline,
Si tu vois mes amours,
Dis à mon Augustine :
Il t'aimera toujours.

Écho de la colline,
Silence ! parle bas !
De ma chère Augustine
J'entends, je crois, les pas.

Écho de la colline,
Hélas ! c'est une erreur !
Redis pour Augustine
Les soupirs de mon cœur !

AIR DU SERMENT.

ANDIOL, *lisant le papier.*

Lentement à travers la plaine
Repoussant nos soldats épars,
De ses feux l'armée autrichienne
Nous foudroyait de toutes parts !
Au nombre cédait la vaillance,
Et nos soldats au champ d'honneur
En s'écriant vive la France !
Tombaient sous le fer du vaiqueur.

Chœur.
{ Pleurons les enfants de la France
Tombant sous le fer du vain-
queur.

ANDIOL, *continuant.*

Soudain dans l'air un cri s'élance ;
C'est Desaix ! Desaix qui s'avance !
Entendez-vous ces sons guerriers ?
L'air s'en émeut, la terre tremble
Sous les pas de ses grenadiers !
Le premier consul les rassemble :
Serrez vos rangs, marchez, soldats
La victoire suivra vos pas !

Chœur. { Honneur aux enfants de la France,
La victoire suivra leurs pas !

ANDIOL, *continuant.*

Infanterie,
Cavalerie,
L'honneur rallie
Tous nos soldats !
Leur sang bouillonne,
Le clairon sonne,
L'airain qui tonne
Guide leurs pas.

Croyant ressaisir sa proie,
En vain l'ennemi déploie
Ses immenses bataillons ;
Par une charge rapide,
Sur eux un chef intrépide
A lancé ses escadrons.

Infanterie,
Cavalerie,
L'honneur rallie,
Tous nos soldats,
Leur sang bouillonne,
Le clairon sonne,
L'airain qui tonne
Guide leurs pas.

Vive l'honneur ! vive la France !
L'ennemi fuit, chacun s'élance !
Dans l'air s'agite leur drapeau :
Gloire aux vainqueurs de Marengo ;

Chœur. Honneur aux enfants de la France.
La gloire a suivi leur drapeau !
Et la patrie à leur vaillance
Doit encore un succès nouveau.

QUELLE HORREUR D'HOMME !

CHANSONNETTE.

Air : vaudeville de *l'Actrice en voyage.*

JENNY vient de prendre un époux,
Tu ne le connais pas, peut-être ?
Il est maussade, il est jaloux,
C'est vraiment un bien vilain être !
Sa présence inspire l'ennui ;
Puis il commande !. . . il faut voir comme !
Il se prétend maître chez lui....
Ah ! ma chère, quelle horreur d'homme !

A sa femme il a déclaré
Qu'elle ne tiendrait pas la bourse ;

A la maison, bon gré, malgré,
Il faut rester, s'il est en course.
Il défend qu'on ait des joyaux,
Et dit qu'une femme économe
Doit savoir faire ses chapeaux....
Ah ! ma chère, quelle horreur d'homme!

La plus simple distraction
Déplaît à son humeur chagrine ;
Ce monsieur ne trouve pas bon
Que l'on cause chez sa voisine.
A sa femme il défend enfin ,
Pour la voir , viendrait-on de Rome !
De recevoir même un cousin....
Ah ! ma chère, quelle horreur d'homme!

De notre sexe a-t-on parlé,
Il dit : de femme laide ou belle ,
Qu'il faut qu'on la tienne sous clé
Pour être sûr qu'elle est fidèle.
Il ne croit pas à la vertu,
Et pourtant il prétend, en somme,
Qu'il ne sera jamais battu !...
Ah ! ma chère, quelle horreur d'homme !

COUPLETS

CHANTÉS DANS LESTOCQ.

Le pauvre Ivan , pendant le jour ,
Travaille et pense à son amour ;
La nuit arrive , et, tout content ;
Le pauvre Ivan s'en va chantant ;

   Quand pour moi l'ouvrage
   Le soir est fini ,
   Rentrant au village ,
   De froid tout transi ,
   Du foyer qui brille
   J'aime la lueur ,
   Du feu qui pétille
   J'aime la chaleur ;
   Mais j'aime bien mieux
     Mon amie
     Si jolie ,
   Mais j'aime bien mieux
   Son regard amoureux.

C'est le dimanche et tout joyeux ,
Buvant ce vin qui rend heureux ,
Le pauvre Ivan oublie , hélas!
Peine et chagrin , et dit tout bas :

Perdant l'équilibre,
L'esclave, en chantant,
Rêve qu'il est libre
Et l'est un instant ;
D'une erreur si douce
J'aime le bonheur ;
De ce vin qui mousse
J'aime la saveur.
Mais j'aime bien mieux
  Mon amie
  Si jolie ;
Mais j'aime bien mieux
  Son regard amoureux.

LE BANDIT CATALAN.

BOLÉRO.

Air : *Du Bandit (de Labarre).*

Qui n'envîrait la vie
Du bandit catalan !...
Près de fille jolie
Il est doux et galant ;
Mais que le danger presse,
Il quitte sa maîtresse,

Et court à son fusil.....
Malheur à l'alguasil !

Qu'une riche capture
S'offre à ses yeux.... Soudain ,
Il tente l'aventure ;
Plus léger que le daim ,
Plus prompt que la tempête ,
Il triomphe et répète :
Gloire à toi ! mon fusil !
Malheur à l'alguasil !

Puis, or, satin , dentelle ,
Rubis en bracelets ,
D'une amante fidèle
Rehaussent les attraits.
Pour lui, dans son ivresse ,
Tour à tour il caresse
Sa belle et son fusil....
Malheur à l'alguasil !

Mais, enfin, s'il succombe ,
Par les soins d'un ami ,
Sous le roc , une tombe
Se creuse encore pour lui.
A cet ami sincère
Avec sa poudrière
Il lègue son fusil....
Malheur à l'alguasil !

COUPLETS

CHANTÉS DANS LESTOCQ.

Demain je pars !
Ainsi donc votre cœur m'oublie
Et sans regrets, et sans égards.
Hélas! je n'avais qu'une amie,
La perdre, c'est perdre la vie
Demain je pars !

Demain je pars !
Et c'est en vain qu'en ma misère
J'implore un seul de vos regards.
Cette faveur est bien légère,
Pour moi, ce sera la dernière....
Demain je pars !

VINUM.

CHANSON.

AIR : *C'est de l'eau qui nous fait boire.*

D'un frère ignorantin
La férule savante
M'a montré, je m'en vante,
A bien parler latin.
Quand d'une hôtellerie
J'aperçois *dominum*,
Je l'aborde et lui crie :
  Vinum !

Au Japon, au Thibet
Et dans toute l'Asie,
Tandis qu'on s'extasie
Devant un froid sorbet ;
Quand l'anglais en *silence*
Boit son rack et son rhum,
Gaîment on chante en France :
  Vinum !

Plutus, ce Dieu vanté,
Fait souvent fuir la joie ;

Bachus seul nous octroie
L'esprit et la gaîté ;
Aux enfants d'Epicure
Si l'or paraît *bonum;*
C'est quand il leur procure
   Vinum !

Logé loin des palais ,
Je marche sans escorte ;
On ne voit à ma porte
Ni suisse ni valets ;
Je n'ai dans ma demeure
Qu'un bon gros factotum
Qui m'apporte à toute heure .
   Vinum!

Pour de bonnes raisons ,
J'ai mon lit dans ma cave ;
Là , jour et nuit , je brave
La rigueur des saisons ;
Il pleut , il neige , il tonne....
C'est *idem et unum*
Tant que j'ai dans ma tonne
   Vinum !

Lorsque chez mes amis
A table je me place ,
J'aime à voir la bécasse

Et les perdreaux admis.
Je veux, près de ma chaise,
Un broc toujours *plenum*
Où je puise à mon aise,
    Vinum !

Buveur et chansonnier,
Franchement, je l'avoue,
Dans un cercle où l'on joue
Je me rends le dernier ;
Mais vous que Momus berce,
Attendez-moi.... *primum*
Où l'on chante, où l'on verse
    Vinum ! »

A chanter les combats
Sans employer mes veilles,
Pour rimer sous les treilles
J'ai pris un ton plus bas ;
Je veux pour toute gloire ,
Qu'on dise *in æternum :*
« Il sut chanter et boire
    Vinum ! »

POURQUOI NE DEVINE-T-IL PAS ?

Air : Vaudeville du *Passe-partout.*

Il me trouve triste et rêveuse,
Il veut savoir ce que je sens ;
Quand tout semble me rendre heu-
    reuse,
Quels sont mes chagrins, mes tour-
    ments !
Lui dirai-je que je soupire,
Que je tremble au bruit de ses pas ?
Ce que je sens, puis-je le dire ?
Pourquoi ne devine-t-il pas ?

La douce paix, l'indifférence,
Pour toujours ont fui de mon cœur ;
Lorsque je suis en sa présence,
Mon front se couvre de rougeur ;
Loin de lui rien ne sait me plaire,
Près de lui je souffre tout bas :
Dois-je parler ? dois-je me taire ?
Pourquoi ne devine-t-il pas ?

La nuit même, l'âme oppressée,
Je n'ai qu'un fatiguant sommeil ;
Et toujours la même pensée
Vient me surprendre à mon réveil :
Oui, tour-à-tour, timide ou tendre,
De ses combats mon cœur est las ;
Mais je n'ose me faire entendre.
Pourquoi ne devine-t-il pas ?

LA SENSITIVE.

AIR : *Allons, partez, beau page.*

Baron, d'humeur jalouse,
Partant pour un long cours,
A sa naïve épouse
Dit : « Anna, mes amours,
Fleurette, tendre éloge
Sont pièges de Satan,
S'il te tente.... interroge
  Ce talisman.
Quand sa feuille assouplie
Sous ton doigt se replie,
Cela veut dire *non*. »
Admirez la science
  Et la prudence
  Du vieux baron !

Bientôt sur la baronne
Méditant un larcin ,
Autour d'elle bourdonne
Un amoureux essaim.
On lui dit qu'elle est belle ,
On vante son bon cœur ,
Chacun implore d'elle
    Une faveur.
Mais par sa protégée ,
La feuille interrogée
Répondit toujours *non* ,
Grâces à la science ,
    A la prudence
    Du vieux baron.

Longtemps près de son page ,
Timide jouvenceau ,
La dame bien que sage ,
Laissa la fleur sans eau.
Enfin , le beau page ose
Peindre un amour brûlant....
Sur l'oracle Anna pose
    Un doigt tremblant;
Mais cette fois la plante
Desséchée et mourante
Ne répondit plus *non* ,
Nonobstant la science
    Et la prudence
    Du vieux baron,

Anna par un scrupule,
Après l'aveu du cœur,
Sous cet autre formule
Consulte encore la fleur :
« Sur ton muet langage
Ai-je pu m'abuser ?
Refuserai-je au page
  Tendre baiser ? »
Par une douce pluie,
Rappelée à la vie
La fleur alors dit *non.*
  Au diable la science
  Et la prudence
  Du vieux baron !

ÉCOUTE MES LEÇONS.

CHANSONNETTE.

Chère petite fille,
Ecoute mes leçons ;
Si jeune et si gentille,
Tu dois fuir les garçons.
N'en doute pas ma chère
Bastien veut t'enflammer.   *bis.*
C'est bien envain grand'mère !
Je ne veux pas l'aimer, non, non,

non , non , non , non , non , non ,
Je ne veux pas l'aimer.   *bis.*

Malgré son air timide
Et son regard touchant ,
Ah ! crains pour ce perfide
Un dangereux penchant.
Que de malheurs , ma chère ,
S'il allait te charmer !
N'ayez pas peur , grand'mère !
Je ne veux pas l'aimer !

Ecoute encore , Lucette :
Hier j'ai vu causer
Bastien avec Annette ,
Il lui prit un baiser.
Pourquoi pleurer ma chère ?
Qui donc peut t'alarmer ?
Ah ! ce n'est rien , grand'mère ,
Je ne veux pas l'aimer !

OUI ET NON.

CHANSON PHILOSOPHIQUE.

Air *des deux Edmond.*

Puisque se détruire est de mode ,
Employons ce moyen commode.
Et du malheur , bravant les coups ,
   Détruisons-nous !   (*bis*)
Pourtant , amis , j'ai bonne envie ,
Avant que de quitter la vie ,
De prendre avec vous mes ébats ,
   Ne nous détruisons pas ! (*bis*)

Jeunes-gens à l'humeur morose ,
Qui rêvez la métempsycose ,
Si vous ressuscitez moins fous ,
   Détruisez-vous *!*   (*bis.*)
Pourtant , si votre mort nous prive
D'un ami , d'un joyeux convive ,
Fussiez-vous Escousse ou Lebas ,
   Ne vous détruisez-pas !   (*bis.*)

Et vous , jeune fille au cœur tendre ,
Qu'un perfide amant fait attendre

Le lendemain du rendez-vous,
    Détruisez-vous !.   (*bis*)
Mais quel sot conseil je vous donne !
Lorsqu'un amant vous abandonne,
Cent autres vous ouvrent les bras....
    Ne vous détruisez pas !   (*bis*)

Apôtres de l'intolérance,
Et vous qui pressurez la France,
Pour rendre notre sort plus doux,
    Détruisez-vous !   (*bis*).
Vous qui de l'honnête indigence
Sur terre êtes la Providence,
Hommes de bien de tous états,
    Ne vous détruisez pas !   (*bis.*)

LA PAUVRE ROSE.

CHANSONNETTE.

AIR de *la Famille de l'Apothicaire.*

Il vint un sorcier l'autre jour
Apprendre aux filles du village
Que pour inspirer de l'amour
Il suffit d'être belle et sage.

Mon père dit : « le sorcier ment,
Ne le crois pas, ma pauvre Rose ;
Pour fixer le cœur d'un amant
Il faut, hélas ! bien autre chose.

« Rose, je suis bien amoureux,
Me répète chaque jour Pierre ;
Un seul regard de tes beaux yeux,
Et je t'épouserai ma chère. »
Mon père dit : « Ce garçon ment,
Ne le crois pas ma pauvre Rose ;
Pour faire un mari, d'un amant,
Il faut, hélas ! bien autre chose. »

Un bel officier, ce matin,
Me disait au fond du bocage :
« Après un baiser, c'est certain,
Je te demande en mariage. »
Mon père dit : « L'officier ment,
Ne le crois pas, ma pauvre Rose ;
Un mari n'est pas un amant,
Et demande au père autre chose. »

LA FIANCÉE D'APPENZELL.

MÉLODIE SUISSE.

Enfin mon cœur d'ivresse
Va palpiter sans cesse,
L'objet de ma tendresse
M'assure de sa foi !
C'est bien le moins volage
Des bergers du village ;
Il m'aime sans partage
Et n'aimera que moi !
Venez, ô mes compagnes !
Venez, voici mon plus beau jour.
Venez sur nos montagnes,
Venez chanter l'amour.
La, la, ô la, ô la, la, ô la, la, ô
  la, ô la, ô la, la, la, ô.

Demain ma tendre mère
En quittant sa chaumière,
M'offrira la première
Mille cadeaux charmants.
Demain dans la prairie,
Pour moi toute fleurie,
Bachelette jolie

Enviera. mes rubans.
Venez, etc.

Adieu riant bocage,
Discret et frais ombrage,
Où, sous le vert feuillage,
J'allais rêver le soir.
Adieu fleurs et verdure,
Ruisseaux au doux murmure,
Adieu belle nature,
Je reviendrai vous voir.
Venez, etc.

NE SAIS POURQUOI.

ROMANCE.

AIR : *Faute d'un moine, l'abbaye.*

Quinze printemps, dit-on, sont l'âge
Des plaisirs et de la gaîté.
Las ! ne croyez pas qu'un nuage
D'un jour pur ternît la beauté;
Mais depuis qu'ai connu Thémire,
Les jeux n'ont plus d'attraits pour moi ;
A chaque instant mon cœur soupire;
    Ne sais pourquoi.

Que le son de sa voix est tendre !
Que ses chants sont harmonieux !
Combien je me plais à l'entendre
Lorsqu'elle plaint un malheureux !
De son sourire aime le charme ;
Pourtant suis heureux quand je vois
De ses yeux tomber une larme ;
    Ne sais pourquoi.

Au bal elle plaît, elle enchante ;
Les Grâces marchent sur ses pas ;
Mais dépit secret me tourmente
Dès qu'elle danse avec Lycas ;
Loin d'elle cherche sa présence ;
Suis tout ému quand l'aperçoi :
Veux parler ; garde le silence ;
    Ne sais pourquoi.

LA FILLE DU PÊCHEUR.

ROMANCE.

Air *de Téniers.*

O ciel ! j'entends gronder l'orage ;
Dieu soit en aide aux matelots !
Mais que vois-je... loin de la plage.

Mon père à la merci des flots !....
Ah ! prends pitié de sa misère,
Vierge sainte, vierge d'amour,
Pour seul appui je n'ai qu'un père,
Daigne protéger son retour !

Souviens-toi divine Marie,
Qu'à ton culte ma mère en pleurs
Me vouait, en quittant la vie,
Ainsi qu'à tes blanches couleurs.
Ah ! prends pitié de ma misère, etc.

Déjà les vagues en furie
De sa barque frappent le bord ;
Il veut fuir la côte ennemie
Sûr, hélas ! de périr au port.
Ah ! prends pitié de sa misère, etc.

La nuit s'étend sur l'onde amère,
L'œil cherche en vain le nautonnier ;
Toujours la pauvre fille espère.
Elle ne cesse de prier.
Ah ! prends pitié de sa misère, etc.

Plus calme, enfin le jour commence,
La mer se teint de pourpre et d'or;
Sans craindre le pêcheur s'avance
Quand sa fille disait encor :

Ah ! prends pitié de sa misère,
Vierge sainte, vierge d'amour,
Pour seul appui je n'ai qu'un père,
Daigne protéger son retour !

COUPLETS DU SERMENT.

Dans ces sombres appartements
Brillent des flammes souterraines ;
Puis on voit des fantômes blancs
Qui vont traînant de lourdes chaînes.
O vous qui venez en ce lieu,
Recommandez votre âme à Dieu !

Un voyageur avait voulu
Pénétrer ce fatal mystère,
Mais on dit qu'il a disparu
Et n'a plus revu la lumière...
O vous qui venez en ce lieu,
Recommandez votre âme à Dieu !

J'ENTENDS LA VOIX LÉGÈRE.

TYROLIENNE.

J'entends la voix légère
Du joyeux rossignol .
Chantons , ô ma bergère !
Les refrains du Tyrol :
La la la la la ou la ou la la la la ou la a
  a la ah ah la ou la.

Près de toi l'onde qui murmure
Entre les rives du ruisseau ,
A mon cœur glisse plus pure
Au pied du verdoyant côteau.
   J'entends , etc.

La blanche aurore matinale
Qui rafraîchit l'éclat des fleurs ,
De sa parure virginale
Étale bien mieux les couleurs.
   J'entends , etc.

Les doux chalets qui m'ont vu naître ,
Témoins de mes premiers beaux jours ,

A mon cœur tendre font connaître
Le prix si cher d'aimer toujours,
J'entends , etc.

C'EST SI JOLI D'ALLER AU BAL.

CHANSONNETTE.

Au bal avec toi, je t'en prie !
Maman , fais-moi donc inviter !
Crois-moi, ta petite Marie
Saurait fort bien s'y présenter.
Ah Dieu ! que je serais ravie !
Mon bonheur n'aurait point d'égal.
Emmène-moi , je t'en supplie !
C'est si joli d'aller au bal !

J'aurai de ma mère chérie
Le doux maintien , l'air gracieux ;
Si l'on dit que je suis jolie ,
Je baisserai vite les yeux :
A la beauté la modestie
Ajoute un charme sans égal ,
Emmène-moi , je t'en supplie !
C'est si joli d'aller au bal !

Déjà l'on dit que ma figure
Offre tous tes traits enchanteurs ;
A la danse , j'en suis bien sûre ,
On nous prendra pour les deux sœurs.
J'aime la danse à la folie ;
A ce plaisir nul n'est égal.
Emmène-moi , je t'en supplie !
C'est si joli d'aller au bal !

LA JEUNE FILLE.

Jeune fille aux yeux noirs , tu règnes
                    sur mon âme ;
Tiens ! voilà des croix d'or , des an-
                neaux , des coliers.
Des chevaliers ainsi m'ont exprimé leur
                    flamme ,
Eh bien ! j'ai méprisé l'offre des che-
                    valiers.

      La fortune
      Importune
      Me paraît
      Sans attrait ,
      Sur la terre
      Il n'est guère
      De beau jour
      Sans l'amour.

Puis des prélats m'ont dit : Sur des
                bords plus tranquilles
Si tu veux, jeune fille, habiter nos
                palais,
Nous t'offrons des villages, des prés, des
                champs fertiles,
Et moi j'ai répondu : Tous ces biens,
                gardez-les !
       La fortune
       Importune, etc.

A son tour, un proscrit m'a parlé de
                tendresse ;
L'infortuné fuyait nos rivages ingrats.
« Toi seul, disait-il, peux charmer
                ma tristesse... »
Et j'ai dit au proscrit : « Moi je suivrai
                tes pas. »
       La Fortune, etc.

COUPLETS DU SERMENT.

Plus d'une tempête,
Hardi nautonnier,
Gronde sur ma tête :
C'est là mon métier !
Et lorsque va naître

Le vent furieux,
A mon contre-maître
Je dis tout joyeux :

Verse, verse, maître,
Et buvons soudain
Ma part du butin !
Qui sait si peut-être
Je boirai demain !

Le lâche qui tremble
Dit: combien sont-ils?
Mais qui me ressemble
Brave les périls !
Je crains peu la foudre,
Et sur mon tillac,
Quand j'ai de la poudre,
Du rhum et du rack.....

Verse, verse, maître,
Et buvons soudain
Ma part du butin !
Qui sait si peut-être
Je boirai demain !

La seule sagesse
Consiste à jouir,
Et sans la richesse

Autant vaut mourir ;
Et voguant sur l'onde,
Couché sur mon or,
Que la foudre gronde,
Je veux dire encore :

Verse, verse, maître,
Et buvons soudain
Ma part du butin !
Qui sait si peut-être
Je boirai demain !

C'EST BÊTE

D'AVOIR DU TALENT.

AIR : *Ah ! si madame me voyait.*

Maudit Destin, tu me donnas
De tes biens une part trop large.
Dieu *!* que le mérite est à charge
Et qu'il nous cause d'embarras !
Moi j'en ai par-dessus les bras...
Si jamais l'Hymen ou son frère,
Un beau jour me donne un enfant,
Je veux qu'il ne sache rien faire !
C'est bête d'avoir du talent !

Sans chercher à m'en prévaloir ,
J'écris en vers , j'écris en prose ;
Aussi , bien peu je me repose ,
On m'assaillit matin et soir ,
Pour mettre à profit mon savoir.
L'un veut des vers pour une fête ,
Et l'autre en prose un compliment.
En vérité j'en perds la tête !
C'est bête d'avoir du talent !

Tout l'esprit n'est pas au cerveau ,
Il est quelquefois dans la jambe ;
Des beaux danseurs le plus ingambe
N'est pas peut-être à mon niveau :
On me dit un vestris nouveau.
Pour me reposer , quand je danse,
Je ne puis trouver un moment ;
On me tient toujours en cadence.
C'est bête d'avoir du talent !

Si je danse comme un Vestris ,
Je suis adroit comme un saint George ;
Avec art je coupe une gorge ;
Aussi , tous mes meilleurs amis
M'offrent-ils à tous leurs ennemis.
De l'un d'eux , pour une équipée ,
En terminant le différend,
Je reçus un grand coup d'épée ,
C'est bête d'avoir du talent !

Un sot, maître d'un petit bien,
Paisiblement vit dans le monde ;
Beaucoup trop nul pour qu'on le fronde,
De lui jamais on ne dit rien :
Trop fade serait l'entretien.
Nul importun ne le dérange,
Il fait ce qu'il veut de son temps ;
Paisible, il dort, il boit, il mange,
Grâce à son manque de talens.

A MADEMOISELLE ***.

Air des Triolets.

Vous êtes drôle, en vérité,
De vouloir que je vous épouse.
Moi, perdre ainsi ma liberté !
Vous êtes drôle, en vérité :
Cent fois vous m'avez répété
Que vous étiez un peu jalouse,...
Vous êtes drôle en vérité,
De vouloir que je vous épouse !

L'ORATOIRE.

BALLADE.

Air *du Vaudeville de* la Somnambule.

Quelle est cette douce retraite,
Où vient s'enfermer, vers le soir,
Gente Inès, pieuse et discrète,
Pour y remplir un saint devoir ?
Le jour n'y pénètre qu'à peine
A travers les rideaux épais ;
A la lueur faible, incertaine,
L'âme dévote prie en paix.

A côté de deux reliquaires
On voit un bénitier d'argent ;
Un vieux gros livre de prières
Feuilleté d'un œil négligent.
Dans ce séjour digne des anges,
Entre autres objets précieux,
Brille un coussin garni de franges,
Que foulent deux genoux pieux.

Vous devinez ; c'est l'oratoire
De la veuve du châtelain ;

Elle est fidèle à sa mémoire
Et refuse un nouvel hymen ;
Avec son jeune et noble page
Elle pleure encore son époux ;
Son deuil lui plaît, on le partage.
Pleurer à deux semble si doux !

Mais il ose en Dieu ne pas croire !
Il faut prêcher l'impie Arthur ;
Pour lui s'entrouvre l'oratoire,
On veut rendre son cœur plus pur :
« Que votre conduite est blâmable !
Y pensez-vous, jeune étourdi ?
Si jeune, et déjà si coupable !
Vous vous damnez, je vous le di.

« Avant de clore la paupière,
Arthur, avec moi, chaque soir,
Vous viendrez faire une prière...
De vous sauver j'ai quelque espoir. »
Or, avant peu, dans la vallée,
Sans le dire, on l'a pressenti,
La veuve sera consolée
Et l'incrédule converti.

LE DÉPART DU CARNAVAL.

CHANSON.

AIR : *Bon voyage, cher Dumollet.*

Fils aimable
De la Gaîté,
Cher Carnaval,
Ton départ nous accable !
Fils aimable
De la Gaîté,
A ton retour tu seras mieux fêté.

Le débiteur, suivant l'antique usage,
Ne craignait point les filets d'un huissier,
Et, sans trembler, sous un nouveau
visage,
Trinquait gaîment avec son créancier.
Fils aimable, etc
Des gens dévots pourquoi l'erreur fatale
D'un sceau cruel t'a-t-elle ainsi marqué?
Comment peux-tu leur causer du scan-
dale ?
Le vice, au moins, sous ton règne est
masqué.
Fils aimable, etc.

Vois les buveurs, d'un pas morne
                                        tranquille,
Vêtus de deuil, et les yeux tout en
                                        pleurs,
T'accompagner à ton dernier asile,
Et sur ta tombe effeuiller quelques fleurs.
          Fils aimable, etc.

Tous, pénétrés des regrets les plus ten-
                                        dres,
Pour ton repos chantant des libéras,
D'un doux nectar arroseront tes cendres
Jusqu'au moment où tu reparaîtras.
          Fils aimable
          De la Gaîté
          Cher carnaval,
Ton départ nous accable !
          Fils aimable
          De la Gaîté
A ton retour tu seras mieux fêté.

LE KLEPHTE.

ROMANCE.

Tu veux devenir ma compagne,
Jeune Albanaise, aux pieds legers ?

Eh bien! suis-moi dans la montagne, } *bis.*
Et viens partager mes dangers,
Non jamais tu n'iras esclave
Orner le harem des soudans ;
Il vaut mieux compagne d'un brave ,
Couler des jours indépendans.
Oui , tu veux devenir ma compagne, etc.

Ce n'est pas une ardeur vulgaire
Qui sera le prix de ta foi ;
Au monde entier je fais la guerre
Je n'aurai d'amour que pour toi.
Oui , tu veux devenir ma compagne,
etc.

Salue en partant ces rivages ,
Ces vallons, ce ciel enchanté ;
C'est dans des sites plus sauvages
Qu'il faut chercher la liberté.
Oui , tu veux devenir ma compagne ,
etc.

LA FEMME

Aɪʀ : *Bouton de rose.*

Comme une rose ,
Elle est l'emblême du plaisir ;
Si d'elle, un jour, l'amour dispose ,
C'est une fleur qu'il faut cueillir
Comme une rose.

LE TEMPS

SE FAIT DES AILES AVEC NOTRE BONHEUR.

BARCAROLLE.

Quand notre âme souffrante
Est en proie aux ennuis,
Que la journée est lente !
Que sont longues les nuits !
Mais si de nos alarmes
L'amour bannit le fiel....
La vie avec ses charmes
Est un éclair du ciel ;
Les heures infidèles
Manque à notre cœur ;
Le Temps se fait des ailes
Avec notre bonheur.

Dans notre court voyage,
Amie, il faut saisir
Cet oiseau de passage
Que l'on nomme plaisir ;
Du présent qu'il immole
L'avenir est jaloux :
Nous rions... le Temps vole

En se riant de nous !...
En vain, hélas ! les belles
Implorent sa lenteur...
Le Temps se fait des ailes
Avec notre bonheur.

Mais puisqu'à sa poursuite
On ne peut échapper,
Du moins aimons-nous vîte,
Afin de le tromper.
Comptons dans cette lutte,
Par seconde, un serment,
Cent baisers par minute...
Et répétons gaîment :
Aux amants bien fidèles
Vieillir ne fait pas peur...
Le Temps se fait des ailes
Avec notre bonheur.

A EMMA.

Pour un baiser que je reçus de vous,
Charmante Emma, je languis, je sou-
pire ;
Comment un plaisir aussi doux
Peut-il causer un si cruel martyre ?

LESTOCQ.

Couplets chantés par M. Thénard.

Voila bien comme sont les femm es,
Et sans désirs et sans espoir ;
Rien ne saurait toucher leurs âmes,
Rien ne saurait les émouvoir.
Souvent l'amour arrive,
Bientôt il les captive,
Grands politiques à genoux,
Malgré votre science,
L'amour sans qu'il y pense,
Est encore plus adroit que nous.
Est encore plus adroit que nous.

Dieu d'intrigue qu'en ma détresse
Envain j'implorais aujourd'hui
Où vient d'échouer mon adresse
Un jeune amant a réussi
C'est lui, lui seul qui donne l'empire
                            et la couronne
Et devant lui nous tremblons tous,
Malgré notre science
L'amour sans qu'il y pense
Est encore plus adroit que nous. *bis.*

LA CUIRASSIÈRE ,

OU CONSEILS DE M·elle FRANÇOISE A SA PAYSE.

AIR *du Dieu des bonnes gens.*

Imite-moi , ma petite Simonne ,
Prends un amant dans les bons luméros;
Jette la pomme aux enfants de Bélonne,
Z'il est si doux d'être aimé d'un n'hé—
        ros ! !
Crains le pompier , z'il boit, z'il est co‹
       lère ;
Crains le dragon , z'il est trop cavayer;
Veux-tu qu'il susse aimer , battre z'et
        plaire ,
Prends-moi z'un cuirassier !...

Pour l'uniforme, elle est bien séduis-
        sante ;
En la traçant l'amour s'a surpassé ;
Pour d'autres yeux que ceux de son
        amante
Le cuirassier z'a le cœur cuirassé.
De l'honesté rien ne peut le distr aire ,
Il sait z'unir le thym z'au doux laurier;

Veux-tu z'un corps civil et militaire
Prends-moi z'un cuirassier !...

Chez Dénoilliez j'étais t'à la courtille,
Un cuirassier z'entreprit mes progrès ;
Au bout d'un mois, de file z'en aiguille
J'étais t'alors forte sur le français.
J'épèle et signe avec ma pataraffe ;
Je parle bien, z'on ne peut le nilier ;
Veux-tu savoir ta langue et l'ostographe,
Prends-moi z'un cuirassier !...

Dans un bosquet z'ou bien qu'on soit
z'a table,
Il n'a jamais éfraillié la pudeur ;
Et la beauté z'et bien plus respectabe
Lorsqu'on la voit z'au bras d'un fier
vainqueur.
Sur ton choix ne crains pas qu'on te
vesque.
Pour l'ennemi, s'il a z'un cœur d'acier,
Il s'atendrit z'avecque le beau sesque.....
Prends-moi z'un cuirassier !

Je crois te voir, z'avec ta connaissance
Z'au grand Salon, z'ou bien chez Bo-
binot ;
Là tu prendras du bon ton, de l'aisance,

En te fraillant z'aux genses comme il
faut.
Car l'amitié, l'amour z'et la folie,
De les jours vont z'gailler le sentier;
Quelle avenir touchante z'et jolie !.. !
Prends-moi z'un cuirassier !

A TON TOUR PAILLASSE.

CHANSONNETTE.

AIR : *Quand la mer rouge apparut.*

On chante partout, sur tout
    Dans notre patrie.
On chante aussi bien le loup
    Que la bergerie.
On chante le fanfaron,
Le marquis et le baron,
    Nos braves guerriers,
    Leurs nobles lauriers,
        Les revers,
        Les travers
Du faquin en place.
A ton tour Paillasse !

Lorsqu'on installe un savant
  A l'Académie,
On proclame l'arrivant
  En cérémonie ;
Puis lui dit le président :
« Imite le précédent.
    Pour entrer ici,
    Il a raccourci,
      Commenté,
      Tourmenté
    Les œuvres d'Horace.
    A ton tour, Paillasse ! »

Le ministre, de nos jours,
    En quittant sa place,
Adresse un petit discours
    Lorsqu'on le remplace,
Et dit à son successeur :
« Pour conserver la faveur,
    D'un air arrogant,
    J'ai fait l'important ;
      Sans avoir
      De savoir,
    J'ai payé d'audace.
    A ton tour Paillasse ! »

Mais ce n'est pas sans danger
  Qu'on prend la marotte ;

On a fait à Béranger
　Siffler la linotte ;
Moi qui rime avec moins d'art,
Je redoute qu'un mouchard,
　Causant mon émoi,
Me dise : « Suis-moi !
　　Dans tes vers
　　De travers
　Tu fis le cocasse...
　A ton tour, Paillasse ! »

Mes amis, il faut jouir
　Des biens de ce monde ;
Sur l'inconstant avenir
　Bien fou qui se fonde !
Le Temps, comptant nos instans,
Viendra nous dire : « Il est temps
　D'aller voir les bords
　Qu'habitent les morts ;
　　Dépêchons,
　　Décampons,
　Et pas de grimace !
　A ton tour, Paillasse !

ÉLOGE DES ENFERS.

Air *du vaudeville d'Une visite à Bedlam.*

A la ronde
Suivez-moi !
Partons tous pour l'autre monde !
N'en ayez aucun effroi !
On est là mieux que chez soi   (*bis.*)

Pour votre repos , je veux
Dissiper l'erreur profonde
Où jettent les contes bleus
Qu'on a faits sur l'autre monde.
A la ronde , etc.

Amis , le sombre manoir
Me doit sa métamorphose ;
Il fut peint toujours en noir !...
Je le peins couleur de rose.
A la ronde , etc.

De flammes étincélant ,
Le grand fleuve du Tartare
N'est rien qu'un punch excellent

Qu'un vieux nocher nous prépare.
    A la ronde, etc.

On nous aime tant là-bas !
Cerbère, ce bon caniche,
Laisse entrer, mais ne veut pas
Que de l'enfer on déniche.
    A la ronde, etc.

Ces juges dont les rigueurs
Ici troublent tant nos têtes,
Le front couronné de fleurs,
Là n'ordonnent que des fêtes.
    A la ronde, etc.

Loin de s'armer de ciseaux
Pour nous envoyer au diable,
Les parques, de leurs fuseaux,
Filent du linge de table.
    A la ronde, etc.

Là de sœur un demi-cent,
Nuit et jour à leur besogne,
Versent à chaque passant
Le champagne ou le Bourgogne.
    A la ronde, etc.

Tithie, aimable géant,

De boucher fait le service ;
Et Tantale, en bon vivant,
Garde la cave et l'office.
    A la ronde, etc.

Sisyphe paisiblement
Se repose sur sa roche.
Quand toujours en mouvement,
Ixion tourne la broche,
    A la ronde, etc.

L'onde claire du Léthé
Vient chaque jour, après boire,
S'unir au charme du thé,
Pour vous rendre la mémoire,
    A la ronde
      Suivez-moi,
Partons tous pour l'autre monde ! etc,

LES CRAINTES ET LES ESPÉRANCES.

Il ne faut pas imprudemment
S'affliger sur les apparences ;
Car le ciel trompe aussi souvent
Nos craintes que nos espérances.

QU'EN DIRA-T-ON ?

CHANSON PHILOSOPHIQUE.

AIR : *J'ai vu le Parnasse des Dames.*

Envoyés en pélerinage
Sur cette terre de douleurs,
Sachons embellir le passage,
En bons, en joyeux voyageurs !
N'allons pas, forçant la nature,
Suivre les traces de Caton ;
Mais, prenant pour guide Épicure,
Moquons-nous du qu'en dira-t-on ?

Puisque c'est un plaisir de boire,
Buvons, amis, buvons souvent !
Ne recherchons point d'autre gloire
Que celle d'être un bon vivant !
Et, du repos quand sonne l'heure,
S'il nous fallait prendre un bâton
Pour regagner notre demeure,
Moquons-nous du qu'en dira-t-on ?

Si, par hasard, gente fillette
Se trouve sur notre chemin,

En lui contant douce fleurette,
Parlons d'amour, jamais d'hymen !
Si l'on nous voit, brûlant pour elle,
L'embrasser ailleurs qu'au menton,
Si pourtant le permet la belle,
Moquons-nous du qu'en dira-t-on ?

Amis, à notre heure dernière,
Bannissons d'indignes frayeurs,
Et, fermant gaîment la paupière,
Allons chercher fortune ailleurs !
En partant, si l'on nous menace
Du fouet vengeur du noir Pluton,
Près de lui sûrs de trouver grâce,
Moquons-nous du qu'en dira-t-on ?

LES OPPOSÉS.

CHANSON.

AIR *du vaudeville des Deux Edmond.*

Lorsque sur le champ du carnage
Le canon gronde, et que l'orage
S'étend partout avec fureur,
    Oh ! ça fait peur,

Oui, ça fait peur ;
Qu'on entende le choc des verres,
Les douces chansons des trouvères
Former un concert enchanteur,
Oh ! ça ne fait pas peur,
Non, ça ne fait pas peur.

Au détour d'une route obscure,
Voit-on paraître une figure
De fantôme ou bien de voleur,
Oh ! ça fait peur,
Oui, ça fait peur ;
Mais lorsque le sort favorable
Fait trouver bon lit, bonne table,
Hôtesse accorte au voyageur,
Oh ! ça ne fait pas peur,
Non, ça ne fait pas peur.

Voyons-nous un atrabilaire
Qu'un rien trouble et met en colère,
Un éternel épilogueur,
Oh ! ça fait peur,
Oui, ça fait peur.
Rencontre-t-on un homme aimable,
A l'air riant, ouvert, affable,
Gai convive et charmant causeur,
Oh ! ça ne fait pas peur,
Non, ça ne fait pas peur.

Quand la mort, avec son cortège,

Vient près du méchant et l'assiège,
Il se sent glacé de terreur,
    Oh ! ça fait peur,
    Oui, ça fait peur ;
Mais à l'homme bon, charitable,
Dans sa conduite irréprochable
Et toujours fidèle à l'honneur,
    Oh ! ça ne fait pas peur,
    Non, ça ne fait pas peur.

QUE VEUT-IL DONC ENCORE ?

ROMANCE.

Air : *Monsieur, je fais tout le contraire.*

Veux-tu, bonne mère en ce jour,
M'aider de ton expérience ?
Il faut, en plaignant son amour,
De Jules adoucir la souffrance ;
J'ai beau lui dire à chaque instant :
C'est toi, c'est toi seul que j'adore...
Croirais-tu qu'il n'est pas content ?
Maman, que veut-il donc encore ?...

Lui seul danse et cause avec moi ;
Lui seul prend ma main et la presse ;

Lui seul... je l'aime autant que toi ..
Lui seul me parle de tendresse.
Bien souvent j'accorde à ses vœux
Le baiser que sa voix implore ;
Plusieurs fois il en a pris deux...
Maman, que veut-il donc encore ?

Ce mystère terrible et doux,
C'est demain qu'il doit me l'apprendre;
Et pour tromper l'œil des jaloux,
Au bois j'ai promis de me rendre ;
Mais ce rendez-vous plein d'attraits
Me cause un trouble que j'ignore ;
As-tu deviné son secret ?...
Maman, que veut-il donc encore ?

LA CROIX D'OR.

Minois piquant, gentil corsage,
Pied mignon, regard plein d'attrait,
Fraîche comme on l'est au jeune âge
De Lise voilà le portrait;
Cherchant à plaire elle regrette
De n'avoir pas quelque trésor ;
Et depuis longtemps la pauvrette
Soupire après une croix d'or.

C'était la fête du village ;
Comme à Lise tout semblait beau !
Quand d'elle épris un malin page
La voit passer près du château ;
Il la suit, entend l'indiscrète
Dire en rêvant à son trésor :
Oui, je donnerais tout pauvrette,
Tout, pour avoir une croix d'or !

Lise regagnait sa chaumière,
Le page s'était arrêté ;
Il la rejoint vers la clairière,
L'arrête, d'amour transporté.
« De ce bijou ta collerette
Va s'embellir, si d'un trésor
Le doux échange »...La pauvrette
Rougit et laisse la croix d'or.

Mais par hasard la châtelaine,
Passant par là, les entendit ;
De Lise c'était la marraine.
« Fuis, dit-elle, page maudit !
Respecte cette bergerette
Dont l'honneur est le seul trésor !...
Toi ; de ma main, reçois pauvrette,
Pour ta vertu cette croix d'or. »

LE PAGE COUPABLE.

AIR du vaudeville *du Premier prix.*

Haute et puissante châtelaine,
J'ai mérité votre courroux ;
Aussi je tremble, et c'est à peine
Si j'ose embrasser vos genoux.
Que votre regard est sévère !
Mes beaux jours sont-ils donc perdus ?
Vous, que j'aime plus qu'une mère,
Pardon ! je ne le ferai plus.

J'en conviens, sur votre toilette,
Ce matin, j'ai pris une fleur ;
C'était une humble violette ;
Tenez, elle est là sur mon cœur.
Pour vous, noble et belle comtesse,
Que serait une fleur de plus ?
Laissez-moi la garder sans cesse !
Pardon ! je ne le ferai plus.

L'autre soir, monseigneur le comte
Voulut vous voir... je fus troublé,
Et soudain, j'en rougis de honte,
Je crois que j'emportai sa clé.

Monseigneur fit un grand tapage,
Il resta seul comme un réclus...
Ah! c'est un vilain tour de page !
Pardon ! je ne le ferai plus.

Ce que je trouve impardonnable,
C'est que toujours je pense à vous.
La nuit, qui me rend bien coupable,
M'offre les songes les plus doux.
Je devine un bonheur suprême
Que le ciel réserve aux élus...
Je vous dis cent fois : Je vous aime.
Pardon !... Je ne le ferai plus.

LE RACCOMMODEMENT.

J'ai retrouvé le doux plaisir ;
Que sa perte m'était sensible !
J'avais avec moi le Désir ;
Mais Désir tout seul est nuisible.
Un sourire de mon amant
A rappelé l'enfant volage ;
Un baiser l'a rendu charmant ;
Mais rien, n'a pu le rendre sage.

UN PEU DE TOUT.

CHANSONNETTE.

Air de la Sentinelle.

J'ai vu les vins diviser un banquet :
L'un du Lunel vante la liqueur douce ,
Du Chambertin l'autre aime le bouquet
Ou de l'Aï la pétillante mousse.
Aux goûts que le ciel nous donna
Je compare les vins qu'on prise ;
Le meilleur est celui qu'on a ;   *bis.*
Un peu de tout, c'est ma devise.

De la Folie et des légers Plaisirs
Fuyez l'attrait, dit un sage morose.
J'entends ailleurs : Cédez à vos désirs !
Sur vos ennuis effeuillez une rose.
Le Plaisir, dit-on, est français ,
La Raison est fort à ma guise ;
Or, comme en tout je crains l'excès.
Un peu de tout, c'est ma devise.

L'un par système a fait serment d'ai
Blonde aux yeux bleus , langoureu**s**

rène
Au cœur d'un autre il faut pour l'animer
Beauté piquante à la tresse d'ébène.
Tout ce que Dieu fit est bien fait ;
Moi de sa main , brebis soumise ,
Je ne repousse aucun bienfait ;
Un peu de tout , c'est ma devise.

Le cœur de l'homme au déclin de ses

jours
Pour l'amitié néglige la tendresse ;
Mais la jeunesse encense les Amours ,
Et l'Amitié faiblement l'intéresse.
Du chemin j'ai fait la moitié ,
Et mon cœur gaîment se divise
Entre l'Amour et l'Amitié.
Un peu de tout , c'est ma devise.

L'HEUREUSE SÉCURITÉ.

CHANSONNETTE.

AIR : *Lon lan la landerirette, ou du bon pasteur.*

Notre magister nous conte
Qu'on vend tout dans les cités,
Les noms de duc et de comte,
Les rubans, les dignités ;
Santé, bonheur et courage,
On n'achète pas cela.
Gai, ma Lison, notre village
Est à l'abri de ces coups-là.

Depuis que la jeune Adèle
Quitta Lubin pour Mondor,
Un baiser pour l'infidèle
Ne vaut plus qu'un louis d'or.
Pour ton cœur une caresse
Vaut toujours le prix qu'elle a.
Gai, ma Lison, notre tendresse
Est à l'abri de ces coups-là.

D'or, de satin et d'hermine
Un Riche orne son chevet ;

Mais son luxe le ruine ;
Adieu pourpre , adieu duvet !
L'amour nous couvre en cachette
Du lin que ta main fila.
Gai, ma Lison , notre couchette
Est à l'abri de ces coups-là

Notre seigneur sur la rente
A gagné des millions ;
Mais la fortune est changeante...
Il glane dans nos sillons !
Par notre peine commune
Ton petit champ se doubla.
Gai , ma Lison , notre fortune
Est à l'abri de ces coups-là.

Tu vis sur des bords arides
Le roi du monde attaché ;
Tu vis à des rois perfides
Le diadême arraché ;
Chaque matin nous redonne
Les fleurs qu'un jour effeuilla.
Gai , ma Lison , notre couronne
Est à l'abri de ces coups-là.

MA RETRAITE.

CHANSONNETTE.

Air *du Pas redoublé de l'infanterie.*

En avant ! toujours en avant !
   Et ta fortune est faite ,
Me disait Mars en me donnant
   Ma première épaulette :
Aussitôt je saute à cheval ,
   Je dis : Sonnez trompette !
Lorsque je serai maréchal ,
   Je prendrai ma retraite.

En avant ! toujours en avant !
   Pour aller à la guerre ,
J'ai vendu mon moulin à vent
   Et ma gentilhommière.
Trente ans j'ai , comme les héros ,
   Sans sommier ni couchette ,
En plein champ dormi sur le dos ,
   Et je prends ma retraite.

En avant ! toujours en avant !
   Si j'ai bonne mémoire ,

J'ai suivi mon drapeau flottant
  Du Niémen à la Loire ;
J'ai vu Fleurus et Marengo ,
  Le grand Caire et Damiette ,
Moscou , Leipsick et Waterloo ,
  Et je prends ma retraite.

En avant ! toujours en avant !
  Qui trouve-t-on ? La Gloire.
C'est beaucoup, c'est un mot brillant
  Qui rime avec Victoire.
Moi j'ai reçu dans les combats
  Plus d'un coup d'escopette ;
Eh bien ! je n'en suis pas plus gras ,
  Et je prends ma retraite.

En avant ! toujours en avant !
  Je croyais pouvoir faire
Lestement, comme auparavant ,
  Mon service à Cythère ;
Je chiffonnais de doux appas ;
  « Monsieur , me dit Suzette ,
A coup sûr vous n'y pensez pas !
  Prenez votre retraite. »

« En avant ! toujours en avant »
  Dit le Dieu de Cythère ;
Mais , pour aller plus doucement ,

Je m'adresse à son frère.
L'Hymen , dans son grand régiment
Me donne une cornette ;
Et ce poste est assurément
Un poste de retraite.

En avant! toujours en avant!
Il faut rire , il faut boire ,
Puis là bas descendre gaîment
Pour pinter l'onde noire.
Amis , songeons qu'à chaque instant
La camarde nous guette ,
Que chaque mort est un vivant
Qui passe à la retraite.

COUPLETS DE NOCE.

Chantés par un Médecin.

Air *du vaudeville du Premier Prix.*

Des Muses joyeux interprètes ,
Ne critiquez pas mes refrains ;
Songez que le Dieu des poètes
L'était aussi des Médecins.
Au bruit de l'écumeux Champagne ,
Fêtez donc et chantez en chœur

L'époux et sa jeune compagne !...
C'est l'ordonnance du docteur.

L'amour que l'on chante à la ronde,
N'est pas l'ami du médecin ;
C'est le commencement du monde,
Et l'autre en est presque la fin.
Mais chez vous, malgré votre haine,
Tâchez qu'Amour sème une fleur
Qui dans trois saisons me ramene !..
C'est l'ordonnance du docteur.

Pour bien vivre dans l'hyménée,
Prenez quelques grains de gaîté !
Pour régime, toute l'année,
Quelques gros de fidélité !
Que chez vous l'indulgence ait place !
Passez-vous, pour votre bonheur,
L'un le séné, l'autre la casse !...
C'est l'ordonnance du docteur.

En terminant ma chansonnette,
Nouveaux époux, qui m'écoutez,
A jamais mon cœur vous souhaite
Plaisirs, bonheur, prospérités.
Evitez tous mes camarades !
Redoutez toute noire humeur,
Et ne soyez jamais malades !...
C'est l'ordonnance du docteur.

LES GLOUS GLOUS.

Air : *Sau , sau, sau , sau , sau , sau-*
tez-donc !

Vous qui prêchez contre la treille,
Qui tonnez contre le tonneau.
Sur les glous glous de la bouteille,
Caraffe en main , criez ; Haro !?..
Bonsoir, je fuis dans mon caveau!
Un buveur d'eau qui se courrouce
A tout l'air d'un dindon qui glousse !

Ici le chanteur boit.

Glou , glou , glou , glou, glou... gloussez donc ,
Gloussez , en buvant de l'eau douce !

(*Le chanteur vide son verre.*)

Glou, glou , glou, glou, glou... gloussez donc ,
Et trinquez avec le dindon !

Nota. *Dans les couplets suivants , on*
répète le même jeu.

D'un clair ruisseau le plat murmure
Vous fait rêver et soupirer ;
D'un vin frais, qui coule en mesure,
Le glou glou qu'on doit préférer,
Vient nous charmer, nous inspirer ;
Tandis que nous fêtons la mousse
Qui vole au plafond sans secousse,
Glou, glou, glou, etc, etc.

Chanter, boire et trinquer à table,
Sont trois plaisirs dignes des dieux :
En chantant, l'homme est plus traita-
                                ble,
En buvant, il vaut encore mieux,
Grâce aux glous glous d'un bon vin
                                vieux !
En trinquant, le chagrin s'émousse,
Et vers l'Amour Bacchus nous pousse.
Glou, glou, glou, etc, etc.

Dieu puissant, je te prends pour juge !
Toi, dont la justice ordonna
Les tristes glous glous du déluge
Et les doux glous glous de Cana,
Où plus d'un luron s'en donna !
Aux nigauds que ton cœur repousse,
Tu dis, pendant qu'un flot les trousse :
Glou, glou, glou, glou, etc. etc.

MES PRIÈRES.

CHANSONNETTE.

AIR : *Le lendemain.*

De mes vaines louanges
Je crois essentiel
De n'étourdir les anges
Ni la Reine du ciel :
« Sur ma courte carrière
Verse un peu de bonheur ! »
Et voilà ma prière.
   Au Créateur.

« O vous dont la lancette ,
Inhabile à guérir ,
Est trop souvent sujette
A nous faire souffrir ,
Laissez-nous vivre ! Arrière
Vos scapels assassins ! »
Et voilà ma prière
   Aux médecins.

« De ta vive prunelle
Agaçant les Amours ,

Inconstante ou fidèle,
Toi qu'on aime toujours,
D'une gaze légère
Couvre la volupté ! »
Et voilà ma prière
    A la beauté.

« Toi dont l'art délectable
D'excellents petits plats
Garnit la riche table
Des gourmands délicats,
Sers-moi pour ordinaire
Celui de Lucullus ! »
Et voilà ma prière
    Au dieu Comus.

« Mais peut-on ne pas boire,
Surtout mangeant salé ?...
Fais œuvre méritoire,
O fils de Sémélé !
Dans ton plus large verre
Sers-moi ton plus doux jus ! »
Et voilà ma prière
    Au dieu Bacchus.

« Le dirai-je à ma honte !
Cavalier trop craintif,
J'ai peur quand seul je monte
Ton Pégase rétif :

Toi devant, moi derrière
Tous deux fendons les airs ! »
Et voilà ma prière
Au dieu des vers.

L'AMOUR ET L'AMITIÉ.

Air *du vaudeville de l'Etude.*

L'amitié n'est jamais volage ;
L'amour n'est point fait pour vieillir ;
L'amitié s'accroît avec l'âge,
L'Amour s'éteint par le plaisir.
On peut aimer toute les belles,
Et les quitter l'instant d'après ;
A l'Amour on donna des ailes,
Mais l'Amitié n'en eut jamais.

FIN.

H.

I.

J.

L.

M.

N.

O.

FIN DE LA TABLE.

ARTICLES PRINCIPAUX

DE

L'ANNUAIRE,
1837.

ANNÉE de la période Julienne . . . 6550
de la fondation de Rome, selon Varron 2590
de l'époque de Nabonassar 2584

L'année 1252 des Turcs, commence le 18 avril 1836, et finit le 6 avril 1837, selon l'usage de Constantinople, d'après l'art de vérifier les dates.

L'année 2613 des Olympiades ou la 1.re de la 654.e Olympiade, commence en juill. 1837

Comput ecclésiastique.

Nomb. d'or en 1837 14
Epacte XXIII
Cycle solaire . . 26
Indiction romaine 10
Lettre dominicale. A

Quatre-temps.

Février. 15, 17 et 18
Mai, 17, 19 et 20
Septemb. 20, 22 et 23
Décemb. 20, 22 et 23

Fêtes mobiles.

Septuagésime, 22 janv.
Les Cendres, 8 fév.
Pâques, 26 mars.
Les Rogations, 1, 2 et 3 mai
Ascension 4 mai.

Pentecôte, 14 mai.
La Trinité, 21 mai.
La Fête-Dieu, 25 mai.
Premier dimanche de l'Avent, 3 décemb.

LILLE. — IMPRIMERIE DE BLOCQUEL.

ECLIPSES de 1837.

Le 5 avril, Eclipse de Soleil invisible
à Paris.

Commenc. de l'éclipse , à   7 h. 7', du matin.
Conjonction , à   7   29,
Milieu , à   7   45,
Fin de l'éclipse , à   8   22,
Longitude de la L en conjonc. 15° 18' 8"
Latitude.   1   28 33 A.

Le 20 avril, Eclipse totale de Lune vi-
sible à Paris.

Commenc. de l'éclipse à   6 h. 58' 6" soir.
Commenc de l'éclipse totale à 7   59,8
Opposition , à   8   48,7
Milieu , à   8   49,9
Fin de l éclipse totale à   9   40,0
Fin de l'éclipse , à   10   41,1
Longitude de la L en opposit. 210° 31' 34"
Latitude.   0   5 57 B.

Le 4 mai, éclipse de Soleil invisible à
Paris.

Comm. de l'éclipse générale , à 5h   7' du soir
Milieu , à   6   58'
Conjonction , à   7   11'
Fin de l éclipse générale , à   8   48'
Longitude de la L en conjonct. 44° 3' 15"
Latitude.   1   8 15 B.

Le 13 *octobre*, *Eclipse totale de Lu-*
ne visible à Paris.

Comm de l'éclipse, à   9 h. 39' 7" du soir.
Comm. de l'éclipse tot., à 10 h. 39' 9"
Opposition, à   11   24' 1
Milieu, à   11   26' 0
Fin de l'éc. tot. le 14 oct., à 0   12' 1 du m.
Fin de l'éclipse à   1   12' 4
Longitude de la L. en opposition, 20° 24' 40"
Latitude.   0   11 12 A.

Le 29 *octobre*, *Éclipse de Soleil in-*
visible à Paris.

Comm. de l'éclipse génér., à 9 h. 50' du m.
Milieu, à   11   28'
Conjonction, à   11   42'
Fin de l'éclipe générale, à   1   6' du s.
Longitude de la L. en conjonct. 215° 51' 59"
Latitude.   1   13 17 A.

PHENOMENES et OBSERVATIONS.

JANVIER. Le 6 Périgée. Le 20 le soleil entre dans le signe le Verseau. Le 20 Apogée.

FEVRIER. Le 4 Périgée. Le 16 Apogée. Le 18 Le soleil entre dans le signe les Poissons, à 7 h. 31 m. du soir.

MARS. Le 4 Périgée. Le 16 Apogée. Le 20 le soleil entre dans le signe le Bélier, à 7 h. 33 m. du soir; *commencement du Printemps.*

AVRIL. Le 1 Périgée. Le 5 éclipse de Soleil invisible à Paris. Le 13 Apogée. Le 20 le soleil entre dans le signe le Taureau, à 7 h. 52 m. du matin. Le 20 éclipse de Lune visible à Paris. Le 27 Périgée

MAI. Le 4 éclipse de Soleil invisible à Paris. Le 11 Apogée. Le 21 le soleil entre dans le signe les Gémeaux à 8 h. 8 m. du matin. Le 23 Périgée.

JUIN. Le 7 Apogée. Le 19 Périgée. Le 21 le soleil entre dans le signe l'Ecrevisse, à 4 h. 47 m. du soir; *commencement de l'Eté.*

JUILLET. Le 5 Apogée. Le 18 Périgée. Le 23 le soleil entre dans le signe le Lion, à 3 h. 42 m. du matin.

AOUT Le 1 Apogée. Le 15 Périgée. Le 23 le soleil entre dans le signe la Vierge, à 10 h. 8 m. du matin. Le 29 Apogée.

SEPTEMBRE. Le 13 Périgée. Le 23 le soleil entre dans le signe la Balance, à 6 h. 42 m du matin; *commencement de l'Automne.* Le 25 Apogée.

OCTOBRE. Le 11 Périgée. Le 13 éclipse totale de Lune visible à Paris. Le 23 le soleil entre dans le signe le Scorpion, à 2 h. 48 m. du soir. Le 23 Apogée. Le 29, éclipse de Soleil invisible à Paris.

NOVEMBRE. Le 7 Périgée. Le 19 Apogée. Le 22 le soleil entre dans le signe le Sagittaire, à 11 h. 19 m. du matin.

DECEMBRE. Le 2 Périgée. Le 17 Apogée. Le 21, le soleil entre dans le signe le Capricorne, à 12 h. du soir; *commencement de l'Hiver.* Le 29 Périgée.

JANVIER. *Signe* le Verseau.

Les jours croiss. de 12 min. 'e m. t de 32 le s.

Jours.	j. m.	Noms des Saints	P. de la L.
Dim.	1	CIRCONCISION	
lundi	2	s. Macaire.	☽ Nouv
mardi	3	ste. Genevièv	Lune
mercredi	4	s. Rigobert.	le 6, à 11 h.
jeudi	5	s. Siméon Sty	56 m. du s
vendredi	6	L'EPIPHANIE	Le 6,
samedi	7	s. Lucien, év	Périgée.
Dim.	8	ste. Adèle.	
lundi	9	s. Julien, m.	
mardi	10	s. Guillaume.	
mercredi	11	s. Théodose.	
jeudi	12	ste. Césaire.	☽ Prem.
vendredi	13	Bapt. de N. S.	quart.
samedi	14	s. Hilaire. év	le 13 à 5 h.
Dim.	15	s. Nom de Jés	21 m. du s
lundi	16	s. Marcel, p.	
mardi	17	s. Antoine.	
mercredi	18	Ch. s. P. à R.	
jeudi	19	s. Omer, év	Le 20,
vendredi	20	s. Sébastien.	Apogée.
samedi	21	ste. Agnès, v	☽ Pleine
Dim.	22	Septuagésime.	Lune
lundi	23	ste. Emérent.	le 21 à 7 h.
mardi	24	s. Babylas, év	54 m. du s.
mercredi	25	Conv. de s. P.	
jeudi	26	s. Polycarpe m	☽ Dern.
vendredi	27	s. Jean Chry	quart.
samedi	28	s. Charlemag.	le 29 à 6 h.
Dim.	29	Sexagésime.	40 m. du s.
lundi	30	s. te Martine.	
mardi	31	s. Pierre Nol.	

FEVRIER. *Signe* les Poissons.

Les jours croiss. de 45 min. le m et de 6 le

Jours.	j. m.	Noms des Saints	P. de la L.
mercredi	1	s. Ignace, m.	
jeudi	2	PURIFICATIO	
vendredi	3	s. Blaise, m.	
samedi	4	s. André Cors.	Le 4, Périgée
Dim.	5	*Quinquagésime*	Nouv.
lundi	6	s.te Dorothée.	Lune
mardi	7	s. Romuald, a.	le 5 à 10 h
mercredi	8	*Les Cendres.*	17 m. du m
jeudi	9	ste. Apolline.	
vendredi	10	ste Scholastiq	
samedi	11	s. Sévérin, ab.	Prem.
Dim.	12	*Quadragésime*	quart.
lundi	13	s. Martinien.	le 12 à 9 h.
mardi	14	s. Valentin, m.	48 min. du
mercredi	15	s. Faustin, 4 t	matin.
jeudi	16	ste Reinelde.	
vendredi	17	s. Germain, 4 t.	Le 16,
samedi	18	s. Siméon, 4 t.	Apogée.
Dim.	19	*Reminiscere.*	Pleine
lundi	20	s. Eleuthère.	Lune
mardi	21	s. Pépin, duc.	le 20 à 2 h.
mercredi	22	Ch. s P. à A.	33 m. du s.
jeudi	23	ste. Isabelle.	
vendredi	24	s Mathias.	
samedi	25	s te Adeltrude.	
Dim.	26	*Oculi.*	Dern.
lundi	27	s. Léandre.	quart.
mardi	28	s. Romain, ab.	le 28 à 5 h. 40 m. du m

MARS. *Signe* le Bélier.

Les jours croiss. de 55 min. le m et de 54 le s.

Jours.	j. m.	Noms des Saints	P. de la L
mercredi	1	s Aubin , év.	
jeudi	2	s. Simplice.	
vendredi	3	ste Cunégonde	
samedi	4	s Casimir , c.	Le 4,
Dim.	5	Lætare.	Périgée.
lundi	6	ste Colette , v.	Nouv. Lune
mardi	7	s. Thomas.	le 6 à 8 h.
mercredi	8	s Jean de D.	33 min. du
jeudi	9	ste. Françoise	soir.
vendredi	10	les 40 martyrs	
samedi	11	s. Euloge.	Prem.
Dim.	12	La Passion.	quart.
lundi	13	s. Donat abbé	le 14 à 4 h.
mardi	14	ste Mathilde.	17 min. du
mercredi	15	s Longin , m.	matin.
jeudi	16	s Alexandre.	Le 16,
vendredi	17	s. Patrice évê.	Apogée.
samedi	18	s. Cyrille, d.	
Dim.	19	Les Rameaux	Pleine
lundi	20	s. Joachim , e.	Lune
mardi	21	s. Benoit, ab.	le 22 à 7 h.
mercredi	22	s Basile , m.	5 m. du m.
jeudi	23	La Ste Cène.	
vendredi	24	Mort de N.-S	
samedi	25	Annonciation.	
Dim.	26	PAQUES.	Dern.
lundi	27	Pâques.	quart.
mardi	28	s. Sixte , pape	le 29 à 1 h.
mercredi	29	s Prisque.	26 m. du s.
jeudi	30	s. Jean Climaq	
vendredi	31	ste Balbine, v.	

AVRIL. *Signe le Taureau.*

Les jours croissent de 5o minutes le ma
et de 5o le soir.

Jours.	j. m	Noms des Saints.	P. de la L
samedi	1	s. Hugues, év.	Le 1,
Dim.	2	*Quasimodo.*	Périgée.
lundi	3	s. Richard, év	
mardi	4	s. Isidore, év.	Nouv.
mercredi	5	s Vincent.	Lune
jeudi	6	s. Célestin.	le 5 à 7 h.
vendredi	7	s.te Wallrude	29 m. du m
samedi	8	s. Albert, év.	Lune
Dim.	9	s.te Marie Eg.	rousse.
lundi	10	s. Macaire év.	Prem.
mardi	11	s. Léon le Gr.	quart.
mercredi	12	s Jules, pape.	le 12 a 11 h
jeudi	13	s. Herménég.	23 m. du s.
vendredi	14	s. Tiburce, m.	Le 13
samedi	15	s te Anastasie.	Apogée.
Dim.	16	s Druon, c.	
lundi	17	s Anicet, p.	
mardi	18	s. Parfait, m.	Pleine
mercredi	19	s. Théodore;	Lune
jeudi	20	s Sulpice.	le 20 à 8 h.
vendredi	21	s. Anselme.	49 m. du s
samedi	22	s Soter, pape.	
Dim.	23	s. George, m.	
lundi	24	s. Fidèle.	Dern.
mardi	25	s. Marc, *abst.*	quart.
mercredi	26	ss Clet et M.	le 27 à 7 h.
jeudi	27	s. Anthime.	6 m. du s.
vendredi	28	s. Vital, mart	Le 27,
samedi	29	s. Pierre, m	Périgée.
Dim.	3o	ste Cath. de S	

MAI. Signe les Gémeaux.

Les jours croiss de 39 min. le m et de 39 le s.

Jours.	j. m.	Noms des Saints	P. de la L.
lundi	1	*Rogations, abs.*	
mardi	2	s. Athan *ob,*	
mercredi	3	Inv. ste. C. *ab.*	
jeudi	4	ASCENSION	☉ Nouv.
vendredi	5	s. Pie V, pape	Lune
samedi	6	s. JEAN P. L.	le 4 à 7 h.
Dim.	7	s. Stanislas.	11 m. du s.
lundi	8	s. Juste, év.	
mardi	9	Trans. s. Nic.	
mercredi	10	s. Antonin.	Le 11,
jeudi	11	s. Mammert.	Apogée.
vendredi	12	s. Nérée , m.	☽ Prem.
samedi	13	s. Servais. *v-j.*	quart.
Dim.	14	PENTECOT.	le 12 à 5 h.
lundi	15	*Pentecôte.*	49 m. du s.
mardi	16	s Honoré d'A.	
mercredi	17	s. te Restit. 4 t.	
jeudi	18	ste Claudia m.	
vendredi	19	s. Pierre. 4 t.	☶ Pleine
samedi	20	s. Bernard 4 t.	Lune
Dim.	21	*La Trinité*	le 20 à 7 h.
lundi	22	s. e Julie, m.	37 m. du m
mardi	23	s. Guilbert, c	Le 23,
mercredi	24	s. te Jeanne.	Périgée.
jeudi	25	*Fête-Dieu.*	
vendredi	26	s. Philippe	☾ Dern.
samedi	27	s. Jules.	quart.
Dim.	28	s. Germain	le 27 à 0 h.
lundi	29	s. Maximin, év.	11 m. du m
mardi	30	s. Félix, pape.	
mercredi	31	s. te Pétron.	

JUIN. *Signe l'Ecrevisse.*

Les jours croissent de 9 min. m. et soir jusqu'au 21, et décroiss de 1 jusqu'à la fin.

Jours.	j. m.	Noms des Saints	P. de la L.
jeudi	1	Oct. de la F. D.	Nouv. Lune
vendredi	2	s. Erasme , m	le 3 à 7 h.
samedi	3	s.te Clotilde, r	53 m. du m
Dim.	4	s. Quirin , év.	
lundi	5	s. Boniface, év	
mardi	6	s. Norbert.	Le 7,
mercredi	7	s Robert.	Apogée.
jeudi	8	s Médard.	
vendredi	9	ss. Prime et F.	
samedi	10	s.te Marguer.	Prem. quart.
Dim.	11	s. Barnabé, ap	le 11 à 10 h.
lundi	12	s. Basilide.	39 m du m
mardi	13	s Ant. de P.	
mercredi	14	s Basile le G.	
jeudi	15	s. Modeste, m.	Pleine Lune
vendredi	16	ste. Lutgarde.	le 18 à 4 h.
samedi	17	s. Avit, abbé.	1 m du soir
Dim	18	ste Marine.	Le 19,
lundi	19	s. Gervais.	Périgée.
mardi	20	s.te Florence.	
mercredi	21	s. Leufroi, ab	
jeudi	22	s. Paulin . év.	
vendredi	23	s Liéber	
samedi	24	Nativ. s. J. B.	Dern. quart.
Dim.	25	Tr. des Eloi.	le 25 à 6 h.
lundi	26	s. Jean et s. P.	9 m. du m.
mardi	27	s. Ladislas.	
mercredi	28	s. Léon II , p.	
jeudi	29	s. Pierre et s. P	
vendredi	30	s. Martial.	

JUILLET. *Signe* le Lion.

Les jours décr. de 28 min le m. et de 28 le s.

Jours.	J. m.	oms des Saints	P. de la L.
samedi	1	s. Rombaut.	
Dim.	2	Visitat. N. D.	Nouv. Lune le 2 à 9 h. 39 m du s. Le 5 Apogée.
lundi	3	s. Hyacinthe.	
mardi	4	Tr. s. Martin.	
mercredi	5	s. Agathon.	
jeudi	6	ste. Godelive.	
vendredi	7	s. Willebaud.	
samedi	8	s. Procope.	
Dim.	9	Mart. de Gorc.	Prem. quart. le 11 à 1 h. 19 m. du m.
lundi	10	s.te Félicité.	
mardi	11	Tr. s. Benoît.	
mercredi	12	s. J. Gualbert	
jeudi	13	s. Anaclet.	
vendredi	14	s. Bonaventure	
samedi	15	s. Henri, emp.	
Dim.	16	N. D. du M. C.	Pleine Lune le 17 à 11 h 0 m. du s. Le 18, Périgée.
lundi	17	s. Alexis, conf.	
mardi	18	s. Arnould.	
mercredi	19	s Vincent de P.	
jeudi	20	ste. Marguerit.	
vendredi	21	ste. Praxède.	
samedi	22	ste. Marie-M.	
Dim.	23	s. Apollinaire.	
lundi	24	ste. Christine.	Der quart. le 24 à 2 h 16 min. du soir.
mardi	25	s. Jacq. et s. C.	
mercredi	26	ste. Anne.	
jeudi	27	ste. Natalie.	
vendredi	28	s. Nazaire.	
samedi	29	ste. Marthe.	
Dim.	30	s. Abdon.	
lundi	31	s. Ignace de L.	

AOUT. *Signe la Vierge.*

Les jours décr. de 47 min. le m. et de 48 le s.

Jours.	j. m.	Noms des Saints	P. de la L.
mardi	1	s. Pierre ès l.	Nouv. Lune
mercredi	2	N. D. des Ang. s. Alphonse év.	le 1 à 0 h.
jeudi	3	ste. Lydie.	29 m. du s.
vendredi	4	s. Dominique.	Le 1,
samedi	5	ste. M. aux N.	Apogée.
Dim.	6	Transfi. N. S.	
lundi	7	s. Gaëtan.	
mardi	8	s. Cyriaque.	Prem
mercredi	9	s. Romain.	quart
jeudi	10	s. Laurent, m.	le 9 à 1 h.
vendredi	11	ste. Suzanne.	31 m. du s.
samedi	12	ste. Claire.	
Dim.	13	s Hypolite	
lundi	14	s. Eusèbe. v. j.	Le 15,
mardi	15	ASSOMPTION	Périgée.
mercredi	16	s. Roch.	Pleine Lune
jeudi	17	s. Carloman.	
vendredi	18	ste. Hélène.	le 16 à 5 h.
samedi	19	ste. Thècle.	48 m. du m
Dim.	20	s. Bernard.	
lundi	21	s. Albéric.	Dern
mardi	22	s. Symphorien	quart.
mercredi	23	s. Philippe.	le 23 à 1 h.
jeudi	24	s. Barthélémi.	25 m. du m
vendredi	25	s. Louis, roi.	
samedi	26	s. Zéphirin.	Le 29,
Dim.	27	s. Césaire.	Apogée.
lundi	28	s. Augustin.	Nouv. Lune
mardi	29	Décol. s. J. B.	
mercredi	30	ste. Rose.	le 31 à 4 h.
jeudi	31	s. Raymond.	10 m. du m

SEPTEMBRE. *Signe* la Balance.

Les jours décr. de 51 min. le m. et de 51 le s.

Jours	j. m.	Noms des Saints	P. de la L
vendredi	1	s. Gilles, abb.	
samedi	2	s. Lazare, roi.	
Dim.	3	ste. Euphémie.	
lundi	4	ste. Rosalie.	
mardi	5	s. Bertin.	
mercredi	6	s. Eugène.	☽ Prem.
jeudi	7	ste. Reine.	quart.
vendredi	8	*Nativité N. D.*	le 7 à 11 h.
samedi	9	s. Omer, év.	21 min. du
Dim.	10	s. Nicolas Tol.	soir.
lundi	11	ste. Vindiciane	
mardi	12	s. Silvin.	Le 13,
mercredi	13	s. Aimé, év.	Périgée.
jeudi	14	Exalt. ste. Cr.	● Pleine
vendredi	15	s. Nicomède.	Lune
samedi	16	s. Cornil.	le 14 à 1 h.
Dim.	17	s. Lambert.	37 m. du s
lundi	18	ste. Sophie.	
mardi	19	s. Janvier.	
mercredi	20	s. Eustac. 4 t.	☾ Dern
jeudi	21	s. Matthieu.	quart.
vendredi	22	s. Maurice. 4 t.	le 21 à 4 h.
samedi	23	s. Lin, p. 4 t.	4 m. du s.
Dim.	24	N. D. la M.	Le 25,
lundi	25	s. Firmin, év.	Apogée.
mardi	26	ste. Justine.	
mercredi	27	s. Côme et s. D.	● Nouv.
jeudi	28	s. Privat, év.	Lune
vendredi	29	s. Michel arc.	le 29 à 8 h.
samedi	30	s. Jérôme	12 m. du s.

OCTOBRE. *Signe* le Scorpion.

Les jours décr. de 52 min le m et de 52 le s.

Jours.	j. m.	Noms des Saints	P. de la L.
Dim.	1	s. Remi et s. P.	
lundi	2	ss. Anges gar.	
mardi	3	s. Gérard.	
mercredi	4	s. Franç. d'A.	
jeudi	5	s. Placide.	
vendredi	6	s. Bruno, conf.	☽ Prem. quart.
samedi	7	s. Marc, pape	le 7 à 7 h
Dim.	8	ste. Brigitte.	22 m. du m
lundi	9	s. Ghislain.	
mardi	10	s. Franç. de B.	Le 11,
mercredi	11	s Germain.	Périgée.
jeudi	12	s. Evagre.	Pleine
vendredi	13	s. Edouard, r.	Lune
samedi	14	s. Calixte, p.	le 13 à 11 h
Dim.	15	ste. Thérèse.	24 m. du s.
lundi	16	s. Donatien.	
mardi	17	s.te Hedwige.	
mercredi	18	s. Luc, évang.	
jeudi	19	s Pierre d'Alc.	☾ Dern. quart.
vendredi	20	s. Caprais.	le 21 à 10 h
samedi	21	ste. Ursule.	5 m. du m.
Dim.	22	s. Sevère.	
lundi	23	s. Séverin.	Le 23,
mardi	24	s. Magloire.	Apogée.
mercredi	25	s Crépin et s C.	
jeudi	26	s. Evariste, p.	
vendredi	27	s. Florent.	🌑 Nouv.
samedi	28	s Simon et s J.	Lune
Dim.	29	s. Narcisse.	le 29 à 11 h
lundi	30	s. Lucain.	42 min. du
mardi	31	s. Quentin v. j.	mat.

NOVEMBRE. *Signe le Sagittaire.*

Les jours déc. de 40 min. le m. et de 39 le s.

Jours.	j m.	Noms des Saints	P. de la L.
mercredi	1	TOUSSAINT.	
jeudi	2	*Les Trépassés.*	
vendredi	3	s. Hubert.	
samedi	4	s. Charles.	☽ Prem.
Dim.	5	ste Berthilde.	quart.
lundi	6	s. Léonard.	le 5 à 2 h.
mardi	7	s. Ernest, m.	33 m. du s.
mercredi	8	Les 4 Couron.	Le 7.
jeudi	9	s. Denis.	Périgée.
vendredi	10	s. Juste.	
samedi	11	s. Martin, év.	Pleine
Dim.	12	s. Liévin.	Lune
lundi	13	s. Homobon.	le 12 à 11 h
mardi	14	s. Clémentin.	39 m. du m
mercredi	15	s. Eugène.	
jeudi	16	s. Edmond.	
vendredi	17	s. Agnan.	
samedi	18	s. Odon.	Le 19,
Dim.	19	ste. Elisabeth.	Apogée.
lundi	20	s. Félix de V.	☾ Dern.
mardi	21	Présent. N. D.	quart.
mercredi	22	ste. Cécile.	le 20, à 6 h.
jeudi	23	s. Clément.	44 m. du m
vendredi	24	s. Florimond.	
samedi	25	ste. Catherine	
Dim.	26	s. Pierre d'Alc	Nouv.
lundi	27	s Maxime.	Lune
mardi	28	s. Mansuet, év.	le 28 à 2 h.
mercredi	29	s. Saturnin.	0 m. du m.
jeudi	30	s. André.	

DÉCEMBRE S. le Capricorne.

Les jours déc. de 20 min. jusqu'au 20, et cr.
de 1 min. jusqu'au 31.

Jours.	j. m.	Noms des Saints	P. de la L
vendredi	1	s. Éloi.	Le 2,
samedi	2	s.te Bibiane, v.	Périgée.
Dim.	3	Av. s. Franç.	Prem.
lundi	4	s.te Barbe.	quart.
mardi	5	s. Sabas.	le 4 à 10 h.
mercredi	6	s. Nicolas.	2 m. du s.
jeudi	7	s. Ambroise.	
vendredi	8	Concep. N. D.	
samedi	9	ste. Léocadie	
Dim.	10	s. Melchiad.	
lundi	11	s. Damase.	Pleine
mardi	12	ste. Constance	Lune
mercredi	13	ste Luce.	le 12 à 2 h
jeudi	14	s. Nicaise.	27 m. du m
vendredi	15	s. Eusèbe.	
samedi	16	ste. Adélaïde	
Dim.	17	ste Olimpiade	Le 17,
lundi	18	s. Paul le s.	Apogée.
mardi	19	s. Gatien.	
mercredi	20	s. Philog. 4 t.	Dern.
jeudi	21	s. Thomas	quart.
vendredi	22	s. Flavien 4 t	le 20 à 4 h.
samedi	23	ste. Vict. 4 t.	22 min. du
Dim.	24	ste. Thars.	matin.
lundi	25	NOEL.	
mardi	26	s. Étienne.	Nouv.
mercredi	27	s. Jean, évac.	Lune
jeudi	28	Les ss. Innoc	le 27 à 2 h.
vendredi	29	s. Thomas C	43 m. du s.
samedi	30	s. Sabin.	Le 29,
Dim.	31	s. Sylvestre	Périgée.